PASSELIVRE

O garotão

Pedro Bloch

Presidente Jorge A. M. Yunes
Diretor superintendente Jorge Yunes
Diretora editorial Beatriz Yunes Guarita
Gerente editorial Antonio Nicolau Youssef
Editora Sandra Almeida
Assistente editorial Giovana Umbuzeiro Valent
Revisores Edgar Costa Silva
Fernando Mauro S. Pires
Giorgio O. Cappelli
Editora de arte Sabrina Lotfi Hollo
Assistentes de arte Claudia Albuquerque
Priscila Zenari
Produtora gráfica Lisete Rotenberg Levinbook
Ilustradores Carlos Roberto de Carvalho
Eduardo Carlos Pereira

CIP-BRASIL. CATALOGAÇÃO-NA-FONTE
SINDICATO NACIONAL DOS EDITORES DE LIVROS, RJ

B611g

Bloch, Pedro, 1914-2004
O garotão / Pedro Bloch ; ilustração Carlos Roberto de Carvalho, Eduardo Carlos Pereira. - São Paulo : IBEP, 2012.
il. (Passe Livre)

ISBN 978-85-342-3492-4

1. Literatura infantojuvenil brasileira. I. Carvalho, Carlos Roberto, 1947- II. Pereira, Eduardo Carlos, 1947- III. Título. IV. Série.

12-6926. CDD: 028.5
CDU: 087.5

21.09.12 11.10.12 039425

1ª edição – São Paulo – 2012

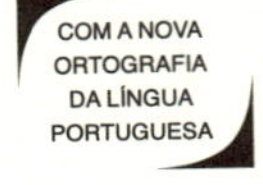

Av. Alexandre Mackenzie, 619 – CEP 05322-000 – Jaguaré
São Paulo – SP – Brasil – Tels.: (11) 2799-7799
www.editoraibep.com.br – editoras@ibep-nacional.com.br

CTP, Impressão e Acabamento IBEP Gráfica
32013

o garotão

Quando Marcelo viu Neneco avançando furioso, com o soco engatilhado, teve pena. Treinado em tudo que era esporte de luta (judô, caratê, capoeira, o diabo!), sabia, de antemão, sacava fácil como desmontar toda aquela agressividade. Desarmou o soco, que ficou vazio no ar, segurou o outro com jeito e aconselhou na calma:

– Para com isso, cara! Não quero machucar você, tá sabendo?

Neneco, adversário frustrado, desnorteado, o olhou com espanto derramado nos olhos.

– Não quer o quê? – explodiu. – Sem essa!

E veio, de novo, com aquela fúria de touro que vê capa se movendo diante dele. Nova investida, nova tentativa, novo ataque se dissolveram como por mágica. Na rua, em volta deles, o ajuntamento cresceu e curtiu a luta. Não estavam ali para apaziguar, desapartar, mas para torcer.

– Covarde! – ainda gritou Neneco. – Sujo!

Humilhação era demais. Saía pelo ladrão. E sublinhou sua raiva com um monte de palavrões.

Marcelo não ligou a mínima. Não entendia aquele ódio. Sabia que quem solta palavrão é vazio de palavra. Palavrão é interjeição, exclamação, linguagem primitiva. Veio antes da palavra. Mais coisa de bicho que de gente.

– Vem brigar se você é homem! – ainda tentou o outro. – Vem, seu...

E soltou mesmo.

A injustiça daquele ataque era tão sem sentido, tão clamorosa, que Marcelo nem se deu ao trabalho de responder. Só o sorriso permanente é que, desta vez, ficou enguiçado nos dentes.

Neneco ainda quis fazer onda, escorar-se numa razão que não tinha. O pior é que ele é quem tinha provocado, agredido, investido.

Tudo porque cismou que Marcelo tinha olhado pra sua menina, a Regina. Mentira, gente! Marcelo teria, a qualquer momento, as garotas que quisesse. Era só ele pintar num lugar qualquer e vinham pulando que nem pipoca.

Marcelo nem tinha visto a Regina, tão sabendo?

Ela é que havia fixado o rapaz, quase provocando. Que culpa tinha o Garotão (era assim que o padrinho o chamava) se as gatinhas, vendo-lhe a beleza do sentido e pensado, seu queimado de sol de surfista, se nomeavam logo namoradas, morrendo de ciúme umas das outras?

Marcelo tinha consciência de sua força. Nem precisava brigar. Só os fracos é que precisam ficar testando, provando, mostrando que não o são.

Marcelo pagava pra não brigar. Minto. Rezava.

Neneco ainda tentou ameaçar.

– Se olhar, outra vez, pra ela...

Puro farol! Conversa! Todos estavam vendo, até demais, que o cara não tava com nada. Não era de nada.

– Está bem. Não olho. – Tranquilizou Marcelo.

A gargalhada de todos foi tão forte que parecia trovoada de verão. Só quem não via o ridículo era... Adivinha!

A menininha, Regina, sacou o lance fácil. Tentara até fazer a cabeça do rapaz. Adiantou? Que nada!

E, como Neneco insistisse em continuar de palhaço, ela liquidou:

– É a ultima que você me apronta, Neneco! Para mim, chega!

E despencou, nariz arrebitado, rua abaixo, deixando o namorado completamente pinel.

Muita gente doa sangue. Marcelo sonhava doar alegria. Doar alegria, nesta hora do mundo, deve salvar até mais gente que doar sangue.

Mas aquela idade trazia para Marcelo mil dúvidas e inquietações. Quando conseguia escapulir de casa e ficar em cima de uma prancha, guardada na Zona Sul, em casa de colega, parecia que o mundo era a coisa mais linda. Gostava de brincar com a natureza, curtir sol e vento, onda e chuva. Até música fazia. Seu violão era um barato, aprendido sozinho, escondido dos velhos. Não. Só escondia o repertório, que o pai, doente e aposentado ainda jovem, só admitia as músicas "daquele tempo". Marcelo vivia intrigado. "Aquele tempo" não era tão longe assim. Mas "seu" Ernesto parecia que envelhecia por obrigação, cumprindo promessa.

Marcelo tinha que escapar, fugir, para ouvir o padrinho, dr. Luciano, homem de bom riso e bom garfo, com doutorado de não sei onde. Contagiava com sua gana de viver, de curtir cada pessoa, cada instante, cada novo amor. Era desquitado. Minto, Divorciado. E explicava.

– A Norma (ex-mulher dele) merecia coisa melhor do que eu. E conseguiu.

E quando alguém protestava:

– Eu, como marido, sempre fui um fracasso. Me apaixono com facilidade. Que é que eu vou fazer?

E com a maior cara de pau:

– Agora, me diga: ela tem ou não tem razão?

Desarmava qualquer um. Seu erro foi ter casado, porque seu temperamento era querer resolver os problemas de todo mundo e amar uma por semana. Não teve filhos, mas tantos afilhados que podia até tirar carteira de padrinho profissional.

Foi justamente quando dona Ângela, mãe de Marcelo, estava grávida, que ele quebrou um galho na repartição de "seu" Ernesto, que precisava dar assistência à mulher, e tantas fez e aconteceu que acabou sendo convidado pra padrinho. E ele, que era homem de anedota pronta (de preferência imoral), mudando de atividade a toda hora, pra não deixar a rotina enferrujar a alma; que não tinha hora de deitar; quando virava padrinho era demais. Marcelo via nele o pai que não tinha em casa. O homem tinha papo pra qualquer um. Com o cabineiro do elevador discutia os gols do Flamengo e com o professor de psicologia discutia Piaget. Dependendo do garoto, vinha curtir Chico, Edu, Mílton, Caetano, Gil, e quando estava danado com a onda de certos barulhos musicais, metia mesmo era o velho Bach.

Marcelo nunca chegou a compreender como é que o cara sabia de tudo. Não vivia grudado no livro. Só lia o melhor. Tinha leitura dinâmica, memória fotográfica. Quando levava um papo, absorvia tudo o que se dizia.

Naquele dia, Marcelo chegou para esvaziar a alma. Ele, que não era de queixas, trazia um monte delas:

– Os velhos estão cada vez mais na deles.

– Como assim? – quer saber o padrinho.

– Vivem me enchendo o tempo todo. Entulham meu quarto de coisa. Tudo que sobra na casa vai pra lá. Malas velhas, jornais, cabides. Não dá nem pra estudar, nem pra curtir som. Fico sobrando.

Luciano pigarreia, acende o charuto que o médico proibiu e vem com:

– Sabe, Garotão? Há uma hora em que os pais devem compreender os filhos e hora em que os filhos devem compreender os pais. Você, com treze anos, está mais por dentro da vida que eles, coitados!, que ficaram no tempo.

E junta:

– Dê força pra eles. Eles não conseguiram chegar ao tempo que estamos vivendo.

– Mas são caretas demais!

– Cada um é como é. O mundo disparou, e eles também foram agarrados de surpresa.

Marcelo explica:

– Não quero nada pra mim. Quero é dar mais alegria pra eles.

Luciano sorri:

– Certo. Você deve é tocar a vida pra frente e não deixar a peteca cair. Você está numa idade que é um permanente ponto de interrogação. E é bom que seja assim. Ninguém deve parar de fazer perguntas, duvidar, questionar. Divide a tua alegria e teu pão. O pão só é pão quando todos comem. Divide o pão.

Marcelo olha o padrinho:

– Eu posso vir estudar aqui?

– Claro que pode! Mas não deixe os velhos, porque eles precisam de uma força. Dá uma força pra eles.

– Com aquele barulho?

– Você pode estudar com os fones colocados. Eles não servem só pra trazer música. Conservam também o silêncio. Falei?

– Falou.

Marcelo devia muito a Luciano, inclusive o ter treinado em tudo que era luta, não usando do que sabia para agredir.

Certo dia, teve a surpresa enorme de receber uma prancha superbacana, superlegal, de xinfra.

– Nem vou pedir que você tenha cuidado – fez Luciano.

– Deixa comigo!

– Deixo, sim. Eu acho que esse negócio de ficar dando conselho, quando o rapaz recebe de todos os cantos tanta mensagem contraditória, é meio careta. Trocar ideias não é. É como quem troca selo ou figurinha. Duplicata a gente troca por uma que não tem ou até dá pra quem não tem.

– Está vendo? O senhor sabe das coisas. Por que é que todo mundo não é assim?

Luciano sorriu.

– Corta essa, Garotão! Sou um cara com um monte de defeitos.

E concedendo:

– Claro que, também, tenho algumas qualidades. O segredo é um só.

– Segredo?

– Sim. Maneira de olhar o mundo. Pra mim todo mundo é perfeito até provar que não é. Se o cara provar, depois, que não é, problema dele.

– Engraçado! – faz Marcelo. – O senhor diz as coisas confiando demais nos outros. O professor falou, outro dia, que a gente deve conhecer a realidade, o mundo como ele é.

– Realidade não significa apenas miséria, injustiça, fome, poluição. Eu tenho vergonha de comer bem quando penso que há uma seca. Mas faria muito mais e melhor se contribuísse para que todos pudessem comer bem e para que as consequências da seca fossem minoradas e corrigidas cada vez mais.

– Falou e disse.

Luciano sacudiu a cinza acumulada do charuto:

– Olha, Garotão, não gosto muito de ditar regras, mas o bom é você melhorar a sociedade se melhorando ao mesmo tempo. E chega de discurso!

Quando Marcelo ia se despedindo, veio a surpresa:

– Olha, já providenciei o material pra você mesmo fazer a nova prancha. Quando quiser, é só mandar brasa.

Marcelo saiu. O coração vinha repleto das coisas que o padrinho havia semeado.

Na hora em que estava pisando a calçada da esquina, dois moleques se aproximaram, um deles armado. Tiraram o relógio, o dinheiro da passagem e, provisoriamente, sua boa vontade com o mundo. Com todo o caratê, não conseguiria enfrentar o revólver. Mas não se queixou, depois de passados a raiva e o medo. Enquanto os pivetes saíram correndo e rindo, só conseguiu sentir uma enorme pena deles e do mundo. Mas pena mesmo!

E pensou que, com bomba atômica, computador, aceleramento, competição e tudo, era preciso uma mudança que não devia ser esperada somente dos outros, mas que tinha que começar em cada um de nós.

– Alô! É você?

Era Regina do outro lado do fio, que queria convidá--lo para uma festa em sua casa.

– Olha, Marcelo, queria muito que você pintasse lá em casa.

– Tudo bem.

Sem dúvida era uma festa de arromba. O som da casa de Regina só faltava falar. Não. Não é brincadeira. Só faltava falar, porque a intensidade era tão grande que não se entendia uma palavra daquelas músicas tão frenéticas.

Marcelo entrou naquela onda. O entusiasmo foi crescendo e as gatinhas não sabiam o que fazer dele. Quando estava no auge, deu de cara com Neneco, armado ainda de uma raiva sem tamanho, que veio com:

– Quem convidou você, cara?

Marcelo não se conteve:

– A vovozinha!

E Neneco, na covardia, deu uma canelada inesperada e violenta em Marcelo.

A dor foi tamanha que viu muito mais luz estroboscópica do que a que estava na sala. Não podia nem andar. Regina, que tinha visto a cena, veio voando e se colocou entre os dois para evitar briga maior.

Marcelo deixou a dor amainar e veio vindo pro Neneco, que se encolheu todo no medo que ia crescendo. Marcelo se limitou a segurar nele firme e perguntou:

– Sabe o que você é?

E, diante do pavor do outro, disse mesmo. Só Neneco ouviu, porque o barulho era demais.

Marcelo ainda pensou:

– Falta de caráter é doença mesmo!

Mas, cadê que os pais de Neneco achavam? Pra eles, o rapaz era joia e desculpavam tudo com a maior facilidade:

– Coisas da idade!

Adulto tem a mania de dizer que, por volta dos treze anos, vem uma idade difícil, que não suporta, que não aguenta, que não sei que mais.

Difícil pra quem? Aí é que está. Sabem lá o que é enfrentar um mundo que já não sabe mais o que inventar? Tudo se acelera, tudo se desintegra, tudo muda e se torna, logo, obsoleto. Quase tudo que é, daí a pouco, *já era*.

As coisas novas, as novas informações que surgem a cada hora podem encher uma enciclopédia desta idade.

Agora, saca só. Você pega num adolescente, pega num garoto que está em plena ebulição e transformação ele mesmo e mistura com a transformação que o mundo está sofrendo, vivendo a página mais incrível de sua História, e vê só a confusão que dá.

O que mais toca a gente é a falta de estabilidade, o provisório de tudo. A pessoa ocupa um lugar, tem uma profissão, faz amizades e, de repente, é transferida para outro lugar e tem que começar tudo de novo. O negócio é *modular*. Casa, amizades, tudo. Tudo é plástico, dinâmico, instável. Nada se cristaliza. A segurança de hoje é saber lidar com a insegurança.

Já nem sabemos mais a era em que vivemos. Da comunicação? Atômica? Do plástico? Do computador de silicone? Sai desta! Vai ver que é a era do *já era*!

Competição anda solta. Cada um na sua. Cada profissão tem sua linguagem, seu dicionário, sua ilha. E cada um querendo ser mais, porque maneja uma máquina mais complicada. Muita gente esquece, até, que – quanto mais complicada a máquina, maior pode ser o erro. É ou não é?

Marcelo, vivendo os problemas de seus treze anos, quer estar numa boa. Mas, cadê que a vida deixa? Ele espalha riso e espelha otimismo, mas não é fácil, porque está cada vez mais consciente da realidade em volta. Vê guerras, violência, a desumanização do homem; vê coisas que nem são de ver e, ao mesmo tempo, quer contribuir para um mundo melhor. Já andou pensando, até, em carreira que valha a pena. Biologia, Imunologia, Ecologia ou coisa assim. Etologia (sabe o que é? Etologia, mesmo) é uma boa. Uma ótima! Especialmente pra ele, que ama bicho.

Mas, quem pode sonhar, se o papai Ernesto vivia sempre apelando para o seu tempo? Curioso é que recuava tanto que o tempo nem era mais dele.

– No meu tempo não se usava esse cabelo, nem se beijava garota na rua. No meu tempo não havia esse negócio de *discoteca*. No meu tempo isso, no meu tempo aquilo. Parecia que, no tempo dele, alegria era pecado mortal, juventude era doença, tempo era tempo e que, agora, tempo nem tempo é. Dá pra entender?

Marcelo já entrava em casa de crista baixa, com medo das críticas. A roupa que usava também era censurada. O constante tocar do telefone com o "Marcelo está?" fazia subir a pressão do velho. Parecia até senha, conspiração, sei lá!

O pai procurava ouvir e se irritava com a linguagem que o atingia com violência:

– Olha, dei um toque, mas não dá pra descolar essa nota, sacou? Está russo, cara! Estrunchou! Ele não se amarrou no lance!

– Você quer falar língua de gente, menino? Que língua é essa, diabo?

E Marcelo, sem muito saco, aludindo à prancha:

– Pranchês.

– O quê?!

– Corta essa, pai!

Havia momentos em que Marcelo tinha vontade de levar um papo legal com o velho, mas este vivia brigado com a vida, com o mundo, com o sol, que não eram mais os do tempo dele.

– Claro, papai! Nem pode! O tempo passou! Papai, tudo está evoluindo, pombas!

Aquele *pombas* deixava o pai fulo, ele que recordava as famosas "pombas" de Raymundo Corrêa, quando Raymundo se escrevia, "decentemente", com ípsilone.

– Papai! Olhe para o senhor, pai. Está aposentado. Tudo bem. Mas, hoje, doente de coração tem atividade, faz ginástica, anda de bicicleta. A gente tem que viver a vida inteira, pai; numa boa, sacou?

E implorava:

– Não deixa a peteca cair!

Cadê que ele sacava? Ouvia mal e não queria ouvir.

E a mãe? Santa e ingênua criatura, vivia colada à televisão, acompanhando de desenho a novela, culinária e calouros. Estava em dia com tudo dentro do vídeo, mas nada do que se passava de verdade no mundo. Recebia toda a realidade, toda a violência, toda a fuga, todo o impacto da televisão, e se comovia muito mais com as peripécias da novela que com a vizinha que estava morrendo de câncer.

– Problema de Deus – dizia.

Ninguém sabia explicar direito como Marcelo, filho único de pais tão fora do mundo, tinha chegado a ter aquela mentalidade, a ser o que era como gente.

– Comecei lá de baixo – diz o pai. – Lá de baixo!

Marcelo quase chora ao ver onde o pai havia chegado.

O dr. Luciano tinha aberto os olhos do rapaz:

– Sabe, menino? Dinheiro não enriquece ninguém. É pra viver. E podendo nadar no mar, ninguém deve nadar em piscina.

Dizia mais:

– A verdadeira bondade é a verdade. E pode acreditar em Deus, por minha conta. Deus é puro amor. E sabe perdoar. Perdoar é o único vício de Deus.

Marcelo não consegue estudar em casa. De um lado, o pai resmungando sempre. Do outro, a TV ligada num volume só suportável por quem não ouve, porque a mãe, a nossa dona Ângela (santa criatura, por sinal), quer obrigar o velho a acompanhar aquele capítulo em que, finalmente, o mocinho vai encontrar sua verdadeira mãe, que não sabe que aquele é seu filho.

Dona Ângela observa penalizada:

– Coitada! Ela nunca compreendeu o filho! Como é que pode?

Marcelo não conseguia gostar de televisão. Sabia que a coitada não tinha culpa de ser maltratada, mal utilizada. Vomitava toda a bobajada de consumo. Havia até programas bons, mas, cadê que a mãe deixava mudar de canal?

Pegava dos livros, das notas de aula, e ia se preparando para ir até a casa de um colega filar um rango, levar um papo legal e estudar.

Antes, porém, se refugia no quarto e põe os fones para curtir um som.

Um dia, tinha explicado para uma garota:

– Gosto de música lenta. Música lenta a gente ouve e aproveita. A que corre muito e só faz barulho não tá com nada.

Marcelo já tinha despertado para o sexo. Mulher nua pra ele não era apenas arte ou curiosidade. Com toda aquela onda de sucesso que tinha com as meninas, era um puro. Sabia que tudo tinha vez e hora.

Desenhava como gente grande. Fazia poesia. Verso branco, sem preocupação de rima. As meninas deliravam. Um auê. Cada uma se identificava como dona de toda aquela mensagem de ternura. Botavam todas cara de musa.

Gostava de cinema. Curtia teatro. Até organizou um teatrinho na escola. Mas em teatro, mesmo, cadê que ele entrava? De um lado, a televisão despejando tudo aquilo, e do outro, não podendo assistir a coisas que já estava cansado de ver e conhecer das ruas, das praias, das casas, de todo canto.

Em matéria de surfe, estava ficando fera. Sonhava, também, com voo livre, com uma boa asa e, ao mesmo tempo, se sentia alienado vendo tanta fome em tanto mundo.

– A gente quer um mundo melhor para todos, mas é incapaz de uma pequena renúncia. Eu até acho que a gente só anda junto, em grupo, em patota, porque tem medo de ficar só, de enfrentar a barra sem alguém ao lado. Tá tudo com medo, grilado, encucado.

Isso nas horas em que enfrentava uma pior. Mas nas horas mais constantes, de riso e sol, tudo mudava:

– Prancha é a coisa mais linda que tem. *Shape* eu manjo.

Conseguia dar suas escapadas quando tinha notícia de praias boas ou concursos, como os de *Saquá*. Era líder nato. Por conta própria. Sabia que o problema é ir em frente. Acreditar na Terra, no Universo, numa hora em que a astrofísica está descobrindo mais Deus. Mistério também é realidade. Os sábios vivem debruçados nele. Curtindo mistério como quem curte som. Numa boa!

Ninguém, nem sábio, nem ignorante, pode deixar a peteca cair. É preciso chegar lá.

– Lá onde?

– Deixa comigo!

Naquele dia, o padrinho estava com a corda toda.

A certa altura, indaga:

– E a prancha?

– Joia!

– Você está bem em tudo que é esporte, não está?

– Tamos aí! fez Marcelo, modesto.

– Estudos, bem?

– Deixa comigo!

Luciano pigarreou, acendeu, desta vez, o cachimbo, e propôs:

– Agora você não acha que é uma boa aprender melhor um esporte novo?

– Qual deles? – quis saber Marcelo, ansioso.

O padrinho sorriu, tirou uma cachimbada, soltou primeiro a fumaça e, depois, explicou:

– Um esporte superbacana: *pensar*.

Marcelo ficou sem jeito. Ao entrar, naquela manhã, na sala de aula, houve alvoroço. Palmas e gritinhos, especialmente das menininhas. Não desconfiava o que aquilo significava. Será que?... Mas não. De seu aniversário ninguém devia saber.

Mas sabiam. E teve bolo, e velinha, e discurso.

Aquilo deu alegria e doeu. É que em casa tinha recebido um abraço solene do pai, um beijo morno da mãe, e o presente consistiu na própria mesada a que tinha direito:

– Compre o que você quiser – dissera "seu" Ernesto.

Marcelo não queria dinheiro, pombas! Queria intenção. Uma coisa qualquer dada com amor. Podia ser um lenço, um livro, um nada! Mas uma lembrança que marcasse ponto, marcasse o dia.

Não. Não vamos cometer uma injustiça com os velhos. À sua maneira, eles gostavam demais do menino. Qualquer doença maior era um Deus nos acuda. Mas, estando sadio, viviam tão ocupados com as mazelas mútuas que só se lembravam dele para criticar. Amor por ele tinham bastante. Só que não usavam, sabe como é? Ficava recolhido que nem certas gripes. O que Marcelo sentia fundo é que seus pais eram boas pessoas, e ele lhes tinha um amor sem tamanho. Não faziam mal a uma mosca. Eta frase careta! Mas não faziam mesmo. O velho, praticamente, só conhecia a fila da aposentadoria, quando se paramentava todo para ir receber, mensalmente, o dinheiro no banco. Marcelo tinha fome de afeto em casa. Afeto manifesto. Na rua tinha até demais. Por isso conseguia equilibrar a cuca e ter aquela alegria que pegava, contagiava.

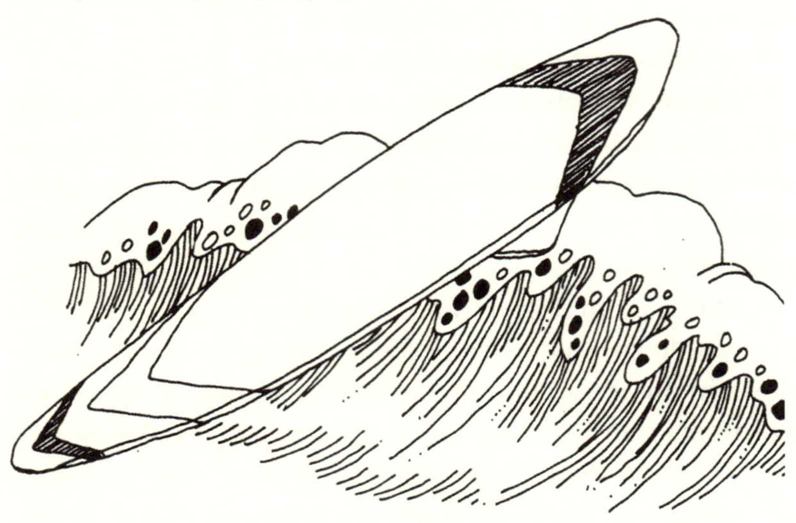

O que doeu é que nem uma nota mais festiva celebrou em casa seus treze anos. Parecia que, em vez de filho, era carga, responsabilidade, pesava.

Em casa dos colegas, aniversário de filho era feriado. Uma pá de amigos, enxurrada de doces e refrigerantes, parentes festejando. Não. Não queria exigir muito dos pais. Apenas calor. Talvez o dr. Luciano tivesse razão. Ele, Marcelo, é que tinha que compreendê-los e lhes dar aquela força. Ainda viviam no tempo do vintém, eles que nem o tinham conhecido. Não dava pra entender. Parecia que tinham envelhecido por decreto!

Quando quisera sair naquele dia, veio a frase esperada:

– Sair? No dia do seu aniversário?!

Marcelo só faltou chorar. O dia era como qualquer outro. Não havia nada diferente, ninguém pra papear. A televisão continuava ligada em programas irritantes.

E, agora, era pior.

Agora a coisa se desdobrava, porque o pai tinha resolvido comprar um radinho de pilha novo pra ouvir programas de seresta, já pensou? Marcelo ficava doido porque, por mais bonita que seresta seja (e é!), o pai não era desse tempo. Queria viver o passado quando o futuro estava ali na cara, pombas!

Os dois aparelhos ligados e cada qual ouvindo o seu, era o fim!

– Sair? No dia do seu aniversário?

– É que, hoje, pai, pediram pra eu chegar mais cedo na escola.

A mãe se assusta:

– Se for má notícia, nem me conte.

– Má notícia por quê?

– Uma reprovação, sei lá!

Marcelo só faltou gritar:

– Mãe, eu sou dos melhores alunos da classe, tá sabendo?

– Como é que eu vou saber, se este menino não fala?!

Marcelo quase desiste:

– Não, mãe. Eu falo. A senhora é que não me ouve. A senhora não lê meus boletins?

Dona Ângela se defende:

– Quem assina é seu pai. Ele não comentou.

"Seu" Ernesto, dando uma tossida pra recordar a bronquite, resolveu intervir:

– Tirar notas altas é obrigação, dever. Não é coisa pra comentários.

Marcelo se despede com um beijo em cada um:

– Tchau, gente!

De longe, ainda conseguiu adivinhar um *resto de felicidades*... que ficou só no *dades*.

Mas (já viram, né?), ao entrar na sala de aulas houve aquela festa. Regina, que pesquisava até gafanhoto, havia descoberto o dia de seus anos. Mobilizou a turma toda. Neneco não aguentou:

– Poxa, Regina! Parece que o cara é não sei o quê! Corta essa, pô!

A surpresa preparada deixou Marcelo sem fala. Havia tanto calor na manifestação geral que ficou com o choro engasgado. As menininhas não sabiam o que fazer dele. O pretexto do aniversário era ótimo para beijá-lo, e elas se serviram. Um verdadeiro festival.

A *data querida* se transformou em competição de bem-querer.

Neneco era um ódio só. Como é que pode? Olhava aquele bolo com vontade de agarrar nele e atirar com toda a força na cara do Marcelo, como naquelas comédias do Gordo e Magro que via revividas na TV.

Neneco, inveja permanente, ainda não havia desistido de namorar Regina. Ela é que, pouco a pouco, foi vendo quem ele era. Com aquela coisa que toda mulher tem, que é ser um pouco mãe de todo mundo, ela, no começo, teve pena e quis dar uma força, quis pescar qualidades onde não havia nem projeto. Neneco foi se revelando, sempre pra pior. E os pais só repetindo:

– Coisas da idade!

Curioso como a psicologia tem coisas pra discutir ainda, né? Neneco, bajulado e adorado pelos pais, cheio de vontades satisfeitas e caprichos realizados, carregava dentro toda a amargura do mundo. Marcelo, que só recebia indiferença e que não via celebrada nenhuma de suas vitórias, era só amor pela humanidade inteira. Gostava até de coisas, plantas e bichos.

Claro que isso, bem analisado, se explica, mas...

Naquela hora, Marcelo se sentiu compensado. Não

que procurasse gratificação. Mas dava tanta alegria, tanta força a todo mundo, que era justo que recebesse de volta ao menos uma pequena parcela desse amor.

Os abraços e beijos se sucediam, e na surdina ele recebia palavras de amor. Eram tantas que encabulou. Encabulou mesmo!

Mas não ficou nisso. O legal foi quando o professor Murilo resolveu dar uma de orador. Severo, cara de missa de sétimo dia, fechada, quando abriu sorriso, abalou todo mundo.

– ... A amizade que Marcelo conquistou nesta escola, fundando o Grêmio, organizando competições, fazendo o jornalzinho, espalhando alegria, é exemplo admirável. Estuda – porque quer estar dentro do mundo; pratica esportes – porque respeita seu corpo; canta – porque tem música na alma. Imagino facilmente a alegria de seus pais e o que ele já deve ter recebido, ao despertar, hoje mesmo, de amor de sua família.

Marcelo quase tem crise de choro.

"– Se for má notícia, não me diga." – Recorda as palavras da mãe.

"– Como é que eu vou saber das coisas, se este menino não fala?"

Pois ali estava ele, falando pouco, pela primeira vez, ele que armava todos os esquemas, preparava todos os programas, catalisava todos os colegas.

– Não me traga seus colegas pra casa – advertira o pai. – Gosto de ter as coisas no seu lugar... Esses meninos de hoje são um bando de loucos.

– Loucos só? – apoia a mãe. – Varridos.

Marcelo se envergonhava de ser tão convidado e não poder convidar. Até o som que lhe dera o padrinho, já viram, era

ouvido quase clandestinamente. Os pais mal o conheciam. Parecia visita não desejada ou visitante de outro planeta. A intoxicação do mês passado só mereceu um comentário:

– Vai ver que comeu essa porcaria de pastéis de botequim!

E aduziram:

– Gastando dinheiro em bobagem!

O máximo que recebeu foi uma banana amassada, pra dieta, e uma colherinha de elixir paregórico.

Marcelo já não sabia mais o que fazer de tanta emoção quando viu toda aquela onda, todo o auê em torno do amigo que ele era.

Neneco é que não aguentou mesmo:

– Poxa! Que transação mais besta!

E, fingindo que era sem querer, derrubou a mesa dos doces. Deixou a sala de cara fechada. Só não levou vaia porque não deu tempo.

Mas o melhor estava por vir. Regininha, vestida de azul, toda iluminada de amor, pediu a palavra em nome dos colegas:

– Este livro, Marcelo, representa o nosso carinho. Esta caneta é pra seu pai anotar os dias de alegria que você lhe dá. E estas flores são para que a mamãe fique sabendo o filho que tem e o quanto ele é am... (corrigiu depressa) ... estimado por todos nós.

Marcelo chega em casa.

– Você é que precisa compreender os velhos. – dissera o padrinho. – Chegou a hora dos filhos darem uma força aos pais.

E recorda suas palavras:

– Os velhos estão muito mais perdidos neste mundo que os jovens, que já nasceram vendo e ouvindo o que está acontecendo. Já entraram na reformulação, na mudança de tudo.

Prosseguiu no papo:

– As gerações mais velhas não encontram novo mercado de trabalho. Estão desnorteadas, inseguras, perdidas, desatualizadas. Querem ser, entretanto, modelo, exemplo. Alguns, graças a Deus, ainda conseguem. A grande maioria, porém... cadê forças? Todas as gerações deveriam poder acompanhar, na medida de cada um, o mundo em que vivemos. Problema é pra ser resolvido.

Marcelo chega em casa, já disse.

O pai continua com o radinho colado ao ouvido. A mamãe faz sinal de silêncio, porque o capítulo da novela está por acabar com aquela surpresinha besta, aquele suspense que não suspende nada, com aquela falsa realidade, máscara da verdade. E tome grito.

É que pouca gente se lembra de que a verdade não grita.

Marcelo fica sobrando, sem saber como agir. Está no banco de reservas, à espera da entrada em campo.

– Que era? – pergunta finalmente o pai, para espanto do rapaz.

– Na escola?

– Onde podia ser?

Marcelo custa a falar:

– Homenagem.

Espanto do velho:

– Homenagem? Esse pessoal!...

– Pois é.

O velho insiste:

– Esse pessoal não tem mesmo nada na cabeça. Homenagem custa dinheiro. Não custa?

– Custa – sussurra Marcelo.

– Homenagem pra quem? – faz "seu" Ernesto, já meio desinteressado, porque no radinho se transmite o resultado da loteria.

Marcelo custa a dizer:

– Pra mim.

O pai ergue os olhos, desgruda o radinho do ouvido meio surdo e quer confirmar seu espanto:

– Pra quem?!

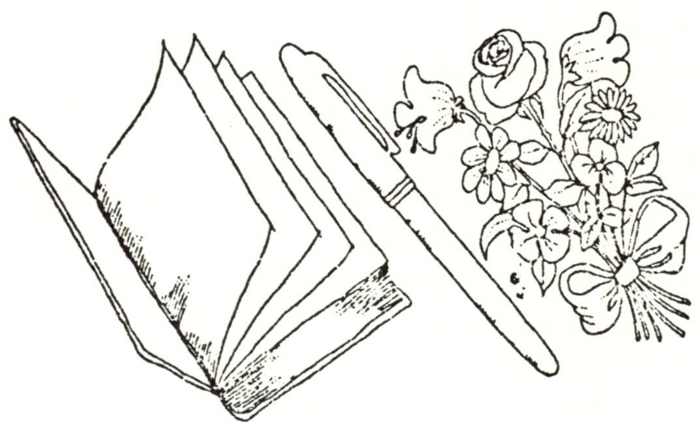

– Pra mim, pai. – Confessa o Garotão, já meio encabulado.

Pela primeira vez "seu" Ernesto se fixa nas flores e no embrulhinho da caneta que o garoto traz. O livro ficara sobre a mesa.

– Esse livro o que é?

– Ganhei.

– Ah!...

– A caneta é para o senhor.

Surpresa:

– Uai! Eu não faço anos!

– Mas é.

O homem ri baixinho:

– Só se for pra anotar o resultado da esportiva.

Recebe o presente e solta entredentes:

– Obrigado.

– As flores são pra você, mãe.

Ela pede tempo:

– Um momento!

Agora o capítulo da novela vai acabar mesmo. Entrou a outra, a tal mulher misteriosa que vivia telefonando pra casa da tal de dona Rosita.

Acabou.

– Flores? Que flores?

– A turma mandou pra você, mãe.

Ela repete o pai:

– Ué! E eu, por acaso, faço anos? É Dia das Mães?

– Quiseram homenagear você.

Dona Ângela não quis detalhes sobre as razões daquela súbita homenagem.

– Olha, meu filho, obrigada, viu? Espera pelos comerciais para me explicar isso direitinho.

– Eu espero, mãe.

Marcelo corre para o seu quarto, abarrotado de coisas que odeia ver. Naquele dia, haviam juntado à tralha uma velha máquina de costura. Mal encontra lugar para ficar em pé e se vestir direito.

Deita na cama e fica olhando o teto, meio choroso, com tudo atravessado por aqui assim.

Coloca um cassete que adora ouvir: "Paixão Segundo São Mateus". Aquilo o transporta a alturas descomunais. Precisa aprender melhor a compreender os pais. Encolheram a vida de tal maneira que mal conseguem entender as notícias do próprio jornal falado. Países da África, então, eram como se fossem de outras galáxias, se é que sabiam o que galáxia era.

Marcelo quer ser gente, antes de mais nada. Quer ser na vida alguma coisa que possa servir para que todos vivam melhor. Biologia devia ser uma boa.

Um sorriso aparece quando recorda a prancha que está construindo na casa do dr. Luciano:

– Que *shape*!

Saboreou a *forma* que tinha dado com tanto carinho.

Marcelo rememorou naquela noite toda sua vida. É, gente. Vale a pena. Daqui pra frente vai surgir um homem melhor para um mundo menos grilado. O importante é que cada um faça a sua parte. Que a realidade seja modificada, sempre, para melhor. Deveres de todos para com todos. Direitos de todos. É preciso manter a peteca no alto. Niguém deixe a peteca cair!

Marcelo está preocupado:

– Preciso dar uma força aos velhos!

Pensa e repensa:

– Eles precisam muito de mim. Muito.

Ao recordar o carinho da turma, percebe que a vida lhe tem dado muito amor. Todo amor que ele dá, constantemente, a todos e a tudo.

Ouve a dúvida da mãe lá da sala:

– Será que as flores, aqui dentro, não fazem mal pra gente dormir?

Marcelo sorri:

– Velho se preocupa sempre com o que faz mal. Moço só pensa no que faz bem.

A estas horas, Regininha está sonhando com Marcelo.

Marcelo sonha com a vida. Sonha com a prancha.

Equilíbrio. É preciso equilíbrio para dominar prancha e vida.

Equilíbrio do corpo. Equilíbrio do sonho.

Sobretudo viver. Sim, senhor. Falei. Viver. Não deixar a peteca cair.

E fim de papo.